AF233842

BOUQUET AU ROI,

ODE

Présentée à Sa Majesté, *par* M. *l'Abbé* Gueullette de Beaufort.

BOUQUET AU ROI,
ODE.

. . . . Il régna sur les cœurs,
Et des yeux de son peuple il essuya les pleurs.

. . . .
Revenez, heureux tems, sous un autre Louis.
HENRIADE, *Chant septieme.*

Tel, sortant des liquides plaines

Sur ses coursiers ambitieux,

Phébus laisse flotter les rênes,

Et franchit l'espace des cieux ;

Son aspect chasse les ténèbres ;

La nuit voit ses crêpes funèbres

Se replier près de son char ;

Et déjà toute la nature

Reprend son antique parure,

Et s'embellit d'un seul regard.

TEL, pour dévoiler ton audace,
Je sors de mon obscurité ;
Oui, je prétends suivre ta trace
Aux rayons de la Vérité,
Flatteur obscur, monstre perfide,
Tyran, dont la langue homicide
Nous fit long-tems verser des pleurs,
Tu vas rentrer dans la poussière
Qui fut ta demeure première,
Et le berceau de nos malheurs.

LOIN de moi l'affreux privilège
De voiler ton sacré flambeau ;
Périsse la main sacrilège
Qui fut t'attacher un bandeau :
Déité, que mon cœur adore !
A ma foible voix qui t'implore,
Viens joindre tes mâles accens ;
O Vérité, viens le confondre :
Dis-moi, qu'oseras-tu répondre ?
Vil imposteur, tremble à mes chants.

ENVAIN d'une flatteuse amorce
Tu couvres ton iniquité ;
Aujourd'hui finit le divorce
Des Rois & de la Vérité ;
Mon Prince à ses loix s'abandonne,
Déjà pour orner sa couronne
Elle a voulu s'y réunir,
Un Roi qui gouverne par elle,
Des Rois doit être le modèle,
Et Louis va le devenir.

DÉJA son auguste présence
Pour le crime est un châtiment ;
Il va combler ton espérance ;
Français, dissippe ton tourment ;
Célèbre avec moi la journée
Où ta Nation fortunée
Lui brûle un légitime encens ;
Il saura tenir sa promesse,
Et te conserver la tendresse
Qu'un père doit à ses enfans.

Sur le livre des deſtinées
J'oſe aujourd'hui jeter les yeux ;
J'y vois les plus belles années
Qu'ont jamais accordé les Dieux.
Louis va gouverner lui-même,
Il va ſur un peuple qu'il aime
Répandre de nouveaux bienfaits ;
Son regard fixe l'abondance,
Et de la timide indigence
Il va prévenir les ſouhaits.

Quoi ! dans le ſuperbe Empyrée,
Quand il apperçoit des Héros,
Aux langueurs ſon ame livrée
Chercheroit un lâche repos !
Non. Sous la garde du Génie
Qui de leur précieuſe vie
Conſerva le rare tréſor,
Il va montrer à ſes Ancêtres
Qu'en les reconnaiſſant pour Maîtres,
Il eſt digne du même ſort.

Mais le bras armé du tonnerre,
Sur le char du Dieu des combats,
Il n'ira point troublant la terre
Ruiner ſes propres États ;
Moins terrible, mais plus illuſtre,
La paix lui donne un plus beau luſtre ;
Celui de Prince bienfaiſant.
Ah ! ce n'eſt point dans le ravage,
Parmi les horreurs du carnage
Qu'on mérite le nom de Grand.

Quelle eſt cette auguſte Princeſſe,
L'organe de la vérité,
Qui fait briller tant de ſageſſe
Sans en avoir l'auſtérité ?
C'eſt la ſenſible Pulcherie (*)
Qui vient montrer à ma Patrie
L'union du trône & des arts ;

(*) Pulcherie, ſœur de l'Empereur Théodoſe,
Princeſſe très-vertueuſe, fut aſſociée à l'Empire.

Hélas ! qui pourrait méconnaître
Que le sang qui lui donna l'être
N'est pas le pur sang des Céfars ?

VEILLE fur ce couple adorable,
Être immortel ! Entends nos voix ;
Veille fur le Prince équitable
Qui va faire fleurir tes loix !
Il fut en prenant la couronne,
Que fi la naiffance la donne,
Elle exige encor des vertus,
Et que la véritable gloire
Eft de continuer l'histoire
Que commença l'heureux Titus.

Par fon très-humble & fidelle
fujet, l'Abbé GUEULLETTE
DE BEAUFORT.

Lu & approuvé ce 20 Août 1774, MARIN.
Vu l'Approbation ; permis d'imprimer, ce 20
Août 1774, *DE SARTINE.*

De l'Imprimerie de D'HOURY, rue Vieille-Bouclerie,
au Saint-Efprit, 1774.